# トロイメライ

Traumerei

村山早紀＋げみ

立東舎

# 目次

Contents




初出一覧

トロイメライ：《おなはしのピースウォーク》第４巻『傘の舞った日』

（日本児童文学者協会編、新日本出版社、2007年）

桜の木の下で：『日本児童文学』2010年 02月号（日本児童文学者協会）

秋の祭り：書き下ろし

Traumerei

トロイメライ

空が銀色がかって見えるほど晴れてる。呼吸する空気は熱くて、燃えるようだ。うつむくと倒れてしまいそうだから、無理に体を起こして歩く。

腕に巻いたケータイを見たら、今日の気温は三十六度。液晶画面の中で、公園の花壇に咲く、ひまわりがゆれてる。画面に流れる文字は、

『春ですね。駅前公園のひまわりが満開です。ひまわりは数十年前までは、夏に咲く花でしたが、気候がかわった今では、春のはじまりを教える花になってしまいました』

額の汗が目に流れ込んで痛い。ランドセルの教科書やノート、筆箱が重い。学校から家までの帰り道って、こんなに遠かったかな？

こんなとき、図書館で読んだ昔の物語に出てくる魔法使いみたいに、魔法が使えたらなって思う。杖の一振りで、この街を涼しくしちゃうんだ。昔の日本くらいの涼しさに。

わたしは暑さにとても弱い。わたしが赤ちゃんのときに、死んじゃった母さんと同じに。

日本や世界のたくさんの人たちが、母さんみたいに、今の地球の暑さに負けて、夏ごとに死んでいっているそうだ。夏は死の季節だ。世界の人口は西暦二千年ごろの半分くらいに減ってしまってるんだって、学校で習った。

灰色の道路を車がひっきりなしに通ってゆく。遠くの街の高層ビルのガラスが光る。蜃気楼みたいな逃げ水が見える。行きかう人たちはみんな無口で、みんなが物語に出てくる砂漠の世界を旅してるみたいだって思う。

四年前、一年生のころの春の日のことを、ふと思い出した。あの日も今日みたいに暑かった。学校帰り。新しいランドセルが大きくて重すぎて、空が暑すぎて、よろけたわたしは、道路に倒れこみそうになってしまった。

わたしを心配して迎えに来てくれていた、高校生の詩郎お兄ちゃんが駆けより、飛び込んできた。わたしはお兄ちゃんの手で道路から押し出され、代わりに詩郎お兄ちゃんは、車にひかれて……

わたしは吐きそうになってうつむいた。けどそのとき、優しい手が肩にふれ、『お帰りなさい。迎えに来ました』といってくれた。

身をかがめるようにして、その人は、私のランドセルをそっとおろし、持ってくれた。

『愛美ちゃん、だいじょうぶですか？』

シロウさんだった。死んだお兄ちゃんと同じ顔と名前を持つロボット。見た目はまるで人間と同じで、心もあるけれど、死なないし、年も取らない。人口が減った代わりに、世界にはロボットの数が増えていた。働くロボットたちがほとんどだけど、シロウさんのように、欠けた家族の代わりとして、家にいるロボットも多かった。今もたぶん、通りを歩いてる人たちの中には、ロボットが混じっているはずなんだ。そうと知らないと見わけがつかないくらいに、よくできたロボットたち。

優しい手が、ひやりと額にふれた。

『熱があるみたいですね。歩けますか？』

わたしはうなずいて、歩き出そうとした。シロウさんの手が、わたしの手を取って、お兄ちゃんがそうしてくれていたみたいに、そっとひいて歩いてくれた。詩郎お兄ちゃんは、いつも、母さんに似て体が弱いわたしを心配して、とちゅうまで迎えに来てくれていた。

家族代わりのロボットたちは、死んだ家族と同じ表情で笑ったり、行動したりするように、プログラミングされてる。そういうふうに作られているからそうしているだけだって、わたしにはわかっていた。けれど、でも、シロウさんの手の優しさは詩郎お兄ちゃんと同じだし、少し心配そうな笑顔も、

お兄ちゃんそのものだった。四年前の春までのお兄ちゃんと同じ。

シロウさんの目が優しくまばたきする。

『どうしましたか？　具合が悪いですか？』

わたしは首を横に振った。安心したように歩き出すシロウさんの手を、きゅっと握った。

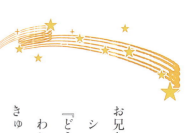

わたしは、駅のそばの、マンションがいくつも並んだところに住んでいる。背の高いマンションが並んでいる様子は、絵本で見た砂漠の蟻塚みたいだ。
いつものようにガラス張りの扉をくぐった。生き返るみたいに涼しい。郵便受けのところに、一歩前に入っていたらしい、隣の部屋の弘志くんがいた。弘志くんの手には、読みかけの本があった。今日は歴史の本みたい。
わたしに気づくと、「あ」と一言いった。めがねの奥の目が、ぱちりとまばたきする。

弘志くんはいつも本を読んでいる。学校にいるときも、道を歩いているときも。活字や知識とお話しすることがとても大切で、目を離すのが片時も惜しいって感じで、わたしたちクラスの子の方を見ることはあまりない。

クラスの子たちはだから、弘志くんは、なにを考えてるかわからない、っていう。でも、わたしは自分も本が好きだから、弘志くんの気持ちが少しわかるような気がするんだ。

「今日もとっても暑かったね。砂漠みたいに」

わたしは弘志くんに声をかけた。返事はとくに返ってこなかった。でも、エレベーターにいっしょにのるとき、弘志くんの手は、開くボタンをぎゅっと押してくれていた。

「ありがとう」

弘志くんの口元が、少しゆるんだ。

弘志くんのお父さんは大学教授で、かわった人だっていわれてた。『マッドサイエンティスト』だって。工学部の研究室でタイムマシンを作ろうと研究しているといううわさもある。そんなものを研究しているうちに、おかしくなっちゃったんだって、ひどいうわさ。

弘志くんのお父さんは、あまり家には帰ってこないらしく、わたしはほとんどあったことがなかった。とくに最近は、ずっと大学の研究室にこもりきりでなにかしてるらしいって、これはマンションの玄関で、同じマンションの人たちが、うわさしていたこと。

エレベーターの扉が開いた。弘志くんは、わたしを先に外に出してくれて、早口の、少し高い声でいった。

「……この街の明日の最高気温は三十四度。今日より二度も低いから。午後

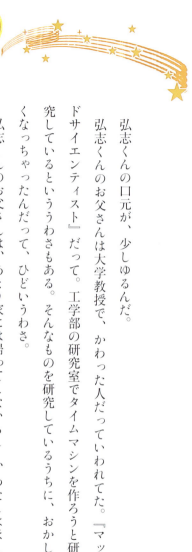

は風も吹くから」

それだけいうと、また本に目を落として、自分の家の扉に向かった。チャイムを鳴らすと、すぐに扉が開いて、花のような笑顔が、

『お帰りなさい、弘志さん』

マリコさん。弘志くんの昔死んだお母さんの代わりのロボットだった。マリコさんはわたしに気づくと、にっこりと『お帰りなさい』といった。見上げる弘志くんの目が、優しいのをわたしは見た。

マリコさんは大きな目でまばたきをすると、ふと手を打って、部屋の奥に駆け戻っていった。わたしにかわいらしい包みをわたした。

『いつもいくお店で、ハーブティーが安くなっていたんです。よかったらどうぞ。カモミールティーです。ソラタさんに蜂蜜入りのアイスティーにしていただいて、飲んでください。甘い香りで、気持ちが安らぎますよ』

わたしはお礼をいって受け取った。『いつもいくお店』は、生前の弘志くんのお母さんがいつもいっていたお店。マリコさんは、モデルになった死んだ人と同じ行動をなぞって、その人ならしそうな行動を、応用を利かせながら、動いてるに過ぎない。わかってる。だけど、わたしはマリコさんの優しい表情を見上げて、笑顔でありがとうをいった。

弘志くんの背中にバイバイしたあと、うちのチャイムを鳴らそうとしたら、その前に、内側から誰かが扉を開けた。二本足で立つ、むく犬のかたちのロボット。腰には古いエプロン。

「ただいま、ソラタ」

むく犬は、にこっと、ぶきように笑う。

『うお、おかぁえり、まなぁみちゃん』

ソラタは、旧式のロボットだから、シロウさんのようにはなめらかに話せない。パパが学生時代にバイトして買った当時の中古品を、自分の手で何回も改造して改良して、今のすがたと機能に作り上げたものだった。

ソラタの、わたしの頭にのせる手は、いつも柔らかく温かかった。わたしが生まれる前から、このうちにいたソラタ。パパの古い親友。赤ちゃんのわたしを抱っこした写真も残っている。ママが死んでからは、ママの代わりにわたしとお兄ちゃんを育ててくれたのだった。

『きょぉも、ぁつかたね。ぃただきもののカモミールテ、のむ。のんで夕方まで、ねなさぁい。晩ご飯、冷たぃシソのパスタ作るょ』

部屋でグラスに入った冷たいお茶を飲んでいるうちに、眠くなってきた。

ベッドで目を閉じかけて、でもいまいち寝つかれなくて困っていると、シロウさんが、そばで、静かに音楽を奏でてくれた。『トロイメライ』。

シロウさんの腕が宙をなで、指先が見えない弦をつまみ弾くと、音が鳴る。シロウさんの体の中には、テルミンが入ってる。手と指先の動きだけで、そこに音が生まれる。

死んだ詩郎お兄ちゃんは音楽が好きだった。いつか電子楽器のテルミンを作って演奏してみたいっていってた。パパは、うちにきたシロウさんの体にテルミンを仕込んで、いつでも演奏できるようにした。パパはロボット会社の技術者で、シロウさんはパパの会社、インナーチャイルド社製だったから、パパには簡単なことだった。

テルミンは、天使の歌声みたいに優しい。部屋全体が楽器になったように音が響いて、光が満ちるみたいに、部屋の空気がやわらぐ。暑さも、疲れも、だるさも忘れられるくらい。

わたしは目を閉じ、眠りながら、さっき見た弘志くんの笑顔を思った。

弘志くんのお母さんも、体が弱かった。弘志くんが小さいころに死んでしまって、それから弘志くんのお父さんは、研究ばかりする変な人になってしまったっていわれてる。運命をかえるため、奥さんを生き返らせるために、タイムマシンを作ってるんだって。

クラスの子たちは、「無理なのにね」って笑ってたけど、わたしには笑えない。

だってわたしだって、タイムマシンがあるなら、四年前のお兄ちゃんを助けたい。

それに、タイムマシンって、本当にできないものなんだろうか？　そんなお話の中の機械できるわけないっていってみんないうけれど、じゃあ、ロボットたちはどうなの？

シロウさんもソラタも、わたしには作り物には思えない。数十年前の、ロボットがこんなに進化していなかった時代の日本人が、ふたりを見たら、きっと魔法みたい、お話の中の存在だっていうだろう。こんなものが作れるんだから、人間には、がんばれば、タイムマシンだって作れるんじゃないだろうか？

パパが、わたしにいったことがある。

「むかしむかし、神さまは、牙も爪も翼ももたない人間に、その代わりにと知恵と言葉をくださった。この力で幸せになりなさい、幸せな世界を作りなさいっておっしゃったって、そんな伝説がどこかの国にある。パパはね、技術者として、その昔のどこかの神さまの言葉の通りに、世界を幸せにするためにがんばろうと思ってる。パパみたいな人間はいっぱいいる。だからきっと、人間の世界は、幸せになってゆくって、パパは信じてる」

わたしも、そう思う。シロウさんの奏でる音色を聴きながら、わたしはそっと眠った。


遠い砂漠の国で、戦争がはじまった。

日本も他の国といっしょに、その国にいって戦争することになったらしい。どうして戦争することになったのか、日本が戦いにいくことになったのかは、テレビのニュースで説明されていたけれど、わたしにはむずかしくてよくわからなかった。パパにきいたら、

「理屈にあっていない戦争だから、パパにもどうしてかわからないんだ。おとながわからないんだもの。子どもにわかるはずがないさ。

……いや、いつの時代だって、理屈にあった戦争なんて、きっとないんだけどね」

遠い目をして、そういった。

昔、ずっと昔に大きな戦争が何度もあったとき、世界中の、お父さんやお兄さんたちが、世界中の、いろんな戦場で戦ったそうだ。でも、今の時代、人間の代わりにロボットたちが戦場にいって、戦うようになっていた。

ロボットは、人間よりも丈夫だし、毒ガスにも放射能にも耐える。完全に壊れるまで、戦いつづけることもできる。なによりも、ロボットは人間ではないから死なない。壊れたっていいから、なのだそうだった。……そんなことは、学校で習っていた。でも、わたしはその意味を、リアルに考えたことがなかった。

ロボットが戦場にいくということは、日本のいろんな家にいるロボットたちが戦場に出ていくということだった。わたしのうちからは、シロウさんと

ソラタが戦場にいくことになった。戦争用に、と開発されたロボットたちもいるのだけれど、そういうロボットたちはとても高価で、数が少なかった。そのロボットたちだけでは戦争にならないから、一般家庭にいるロボットたちも、戦争に出さなくてはいけないのだそうだ。供出する、というのだそうだ。供出されたロボットたちは、昔の時代に、人間用に作られた、武器や兵器を使って戦わせられるのだそうだった。

そして、人間だけど、パパもいくことになった。ある日、会社から帰ってきて、台所で、わたしを呼び止めて、そういったんだ。遠い戦場で戦うロボットたちのメンテナンスや修理をするために、会社の他の技術者の人たちといくことになったんだって。

明るく軽く、ついそこまでの出張のような感じで話しながら、パパはわたしと目をあわせようとしなかった。そのそばにソラタが黙って立っていた。

パパの手は、ソラタの、古ぼけたぬいぐるみのような毛並みの胸のあたりをなでていた。強く、乱暴に、なでつづけた。

「まあその愛美、愛美はひとりきりの留守番になっちまうが、心配しなくてもいいぞ。こんなポンコツソラタと違って、ちゃんとしたプロの家政婦さんが、愛美の面倒を見にきてくれることになってるから……少しばかりさみしいかもしれないけど、だいじょうぶ……」

ふっとソラタの大きなふかふかの両手が、パパの頭をかかえた。うしろから包み込むようにした。パパはしばらくだまって大きなその両手に顔を埋めていた。やがて、手の影から、笑顔をぱっと出すと、わたしにいった。

「砂漠から映像を送るからな。きれいな空や、花や星や、それから、砂漠の国の子どもたちや、外国のロボットたちの映像や写真をメールで送る。きっと、とても素敵だろうからね」

パパの目はうるんで赤くなってた。でも笑顔だった。わたしの肩にうしろから、シロウさんがそっと手をのせた。わたしは、がんばって涙をこらえた。パパの目が、「いきたくない」って叫んでいるのがわかったから。だから、わたしも泣かなかった。せめて、心配させたくなかったから。だって、おとなが泣いてもどうしようもないことは、きっとわたしがここで泣いたって、いやだっていったって、かえられないんだってわかっていたから。

わたしは、パパに笑顔でいった。

「いい子にしてるから、そのやくそく、守ってね。砂漠の国から帰るときは、おみやげたくさんね」

パパは戦争にいく。シロウさんもソラタも、砂漠の国にいく。みんな家からいなくなる。

(わたし、魔法使いならよかったのに)

戦争なんかやめさせる魔法が使えたらよかったのに、と思った。

パパの他にも、ロボットたちを戦場で指揮する軍の関係の人たち、情報や電気の関係のお仕事をしている人たちも戦場にいく。そして、戦場にいく人間たちの生命や生活を守るための、医学関係の人たちをはじめとするいろんな職種の人たち、戦争に必要ないろんなものを輸送する関係のお仕事の人たちも、砂漠の国にいくことになった。

わたしのクラスでも、わたしの他にもパパやママやきょうだいが戦争にいく人たちがいて、そういう人たちは、表情が暗かった。

日本のロボットが、外国の戦場に、本格的に派遣されるのははじめてのことだった。クラスのみんなは、白分の家のロボットが戦場にいくことになっても、どこか楽しそうで、明るくて、わくわくしているようだった。

「日本製のロボットは優秀なんだぞ。連合軍のどこの国のロボットにも負けないに決まってる。高性能なのが証明されるいい機会だよ」

「あのね。うちのトニオはね、誰よりも活躍して帰ってくるって、わたしにいったのよ」

「うちのホークは、誰よりも強いから、きっと、敵のロボットを、みんな倒して、ばらばらにするぞ。悪い奴はみんなばらばらだ」

わたしは、耳をふさぎたくなった。ばらばらにされるのは、ロボットなのだ。「敵の国」「悪い国」のロボットでも。

戦争がはじまる前、パパがいっていた。

「砂漠のあの国には、パパの会社、インナーチャイルド社のロボットがたくさん輸出されているんだ。あそこには、シロウさんのきょうだいがいっぱい暮らしてるようなものだな」

シロウさんは、砂漠の国で、シロウさんのきょうだいと戦わなければいけないのだ。壊れて、ぼろぼろになって、動けなくなるまで。

シロウさんは戦争にいく。学校帰りのわたしの手を引いてくれるシロウさんの優しい手が武器を持つ。同じ会社の工場で生まれた、きょうだいをばらばらにする。そして逆に、音楽を奏でる優しい体が、銃やミサイルで壊されてしまうかもしれないんだ。

わたしはお話の本で読んだ昔の戦争のことを思った。なにかの本で見た写真を思い出した。兵隊さんの死体の写真。壊れた街の写真。

ソラタの毛並みは、砂漠の砂で汚れてしまうだろう。旧式でよちよちとしか歩けないソラタは、真っ先に倒され、壊されてしまうかもしれない。ソラタが得意なのは、料理や洗濯、子守歌をうたうことなのに。

目が、ふと、弘志くんにあった。弘志くんは自分の腕を抱えるようにして、

わたしの方を見ていた。同じようなことを考えていたんだな、とわたしは思った。弘志くんのうちからは、マリコさんが戦場にいくのだ。

クラスの子の誰かの小さな声が聞こえた。

「……でも、本当は、戦争ってやだな」

誰かの声が「わたしも」と、そっと答えた。

「うちのお兄ちゃんがいってたの。野菜も肉も高くなったって。もっと高くなるだろうってさ。日本や外国のいろんな機関や企業が、戦争が原因で、食料がこの先不足するかもしれないから、たくわえておくために、あちこちでいっぱい買い込んでる。あとで高く売るために、そうしてる人たちもいるんだって。

だから、わたしたち一般庶民が食べる分の食料は少なくなって、高くなってるんだって。食べ物だけじゃない、これから、いろんなものが高くなって、なくなっていくだろうって」

「戦争、やだよね。あのさ、今、ネットで反戦を呼びかけている人もいるよね。どこの国のだれかわからない人だけど、お姉ちゃんが日本人じゃないかってうわさがあるっていってた……」

「しっ」誰かの声が強くいった。

「あのな。戦争に反対とかいっちゃいけないんだぞ」

「どうして？」

「だって戦争に反対していた人たちは、誰か怖い人に捕まって、どこかへつれていかれちゃうんだ。ほら、そんなうわさあるだろ？」

「あれ、ほんとなの？　うそっぽくない？」

「友達の友達のうちのお母さんが、戦争に反対してたら、こないだいなくなったって」

「ほんと？　誰がつれていくの？　どこに？」

「おれは知らない。――でも、たぶん……」

わたしは耳をそばだてた。

けれどそのときに先生がきて、クラスのみんなは、しんとしてだまりこんだ。


ロボットたちが砂漠の国にいく日が近づいてきた。日本のあちこちの大きな港に集められて、そこから船でいくのだそうだ。

そんな夜、シロウさんが小さな箱を、わたしにわたしてくれた。プラスティックの箱にきれいな花の模様を彫り込んであるオルゴール。手作りのオルゴールだった。詩郎お兄ちゃんが、小さいころ、わたしの誕生日に、こんなオルゴールを作ってくれたことがある。

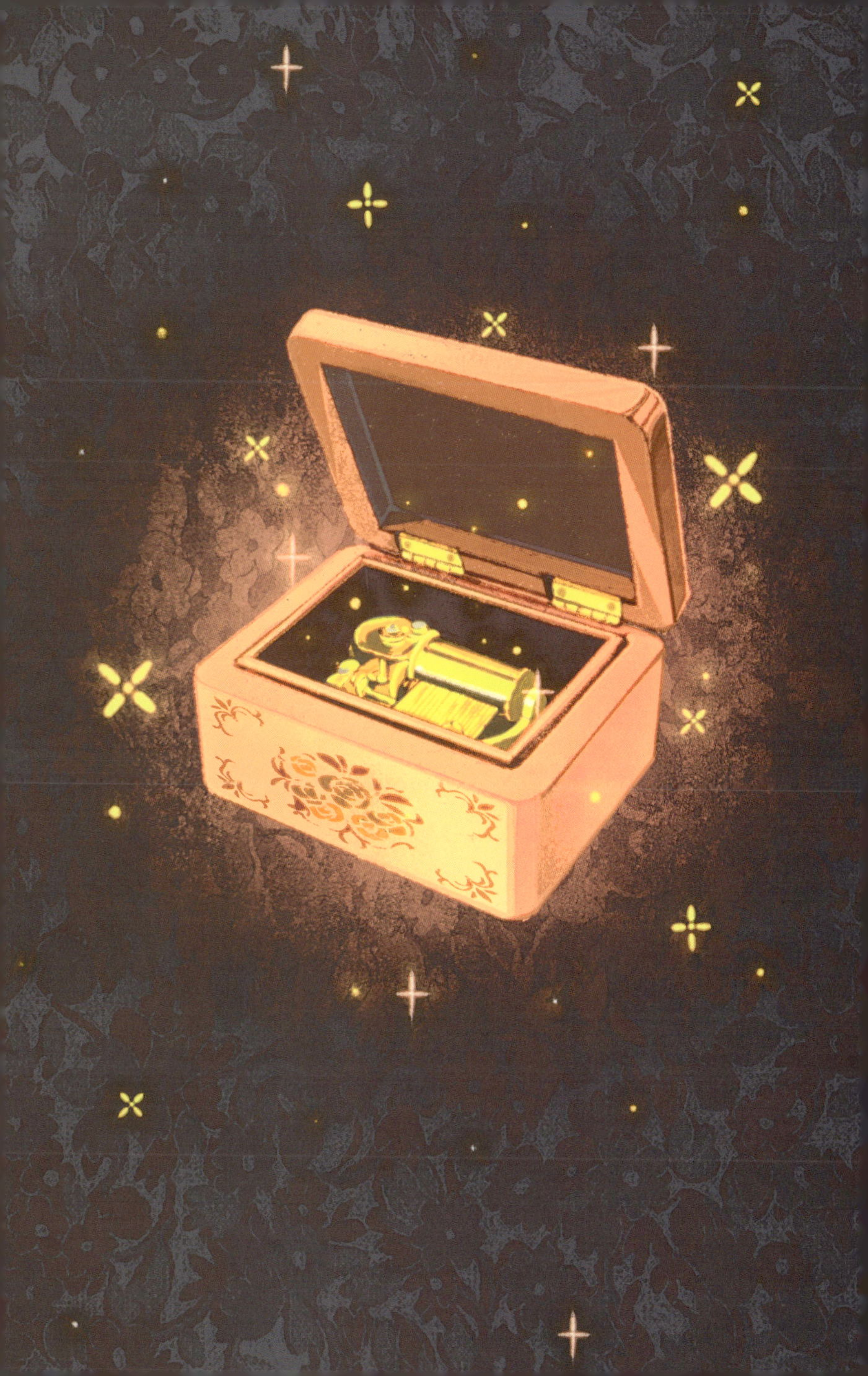

『『トロイメライ』です。パパやぼくやソラタがいない夜も、愛美ちゃんが眠れるように』

オルゴールは澄んだ音で、シロウさんがいつもテルミンで弾いてくれる曲を奏でた。

死んだお母さんがいつも子守歌代わりにうたっていたという曲。お兄ちゃんがおぼえて、ソラタもおぼえて、赤ちゃんだったわたしをあやすために歌ってくれたメロディ。

お兄ちゃんが死んだあとは、シロウさんが奏でてくれた、静かな波の音のようなきれいな曲。この曲をきいていれば、真夏のどんなに具合が悪いときでも、すうっと眠れたんだ。

わたしはシロウさんの体に抱きついた。こらえていた涙があふれ出した。

「シロウさん。おねがい。戦争にいかないで。いったらだめだよ。死んじゃうよ」

シロウさんは、わたしをそっと抱きしめてくれた。暖かくて柔らかい体から は、作り物の心臓の、ゆったりした鼓動が聞こえた。

「お兄ちゃん、もう死なないで、お兄ちゃん」

『だいじょうぶ』と、優しい声がいった。

『ぼくは、死にませんから』

「本当に？」

『はい。ロボットは、うそをつきません』

シロウさんは、にっこりと笑った。

わたしはほっとした。少し落ちついて、涙をぬぐった。

でも考えてみたら、シロウさんの言葉は、いかにもロボットらしかった。

そう、ロボットは「死なない」。命がないから、故障して壊れるだけなんだ。

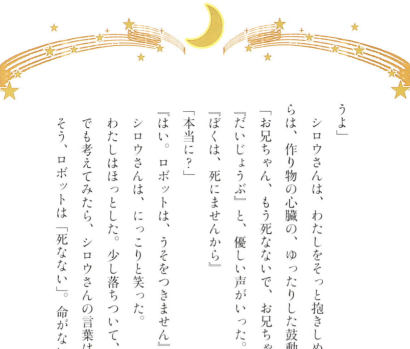

わたしは、シロウさんを見上げた。

笑顔のままのシロウさんのほほには、涙が流れていた。静かに、流れていた。

シロウさんとソラタは、わたしが学校にいっている間にいなくなった。大きなトラックが迎えに来て、近所のロボットはみんないっしょにそれに積み込まれていったそうだ。

そして、パパも、手を振って戦争にいった。

入れかわりのように家にきた家政婦さんはいい人だったけれど、でも、わたしは夜になるごとに、オルゴールばかり聴いていた。

そんなある日の夕方、わたしは弘志くんの家をたずねた。その日、弘志くんが学校を休んでいたから。そんなこと、今までに一度だってなかったから、心配になったのだ。

がらんとした部屋の中で、弘志くんは、ひとりきり、床に膝を抱えて座っていた。

「父さん、つれていかれちゃった……」

台所の流しには、アルミの鍋とどんぶりが、あらわれないままに、置かれていた。

弘志くんは、床に座ったまま、ぽつりぽつりと話した。

弘志くんのお父さんは、インターネットを使って、全世界の人たちに、反戦のメッセージを伝えつづけていたらしい。今度の砂漠の国での戦争に反対しよう、と。自分の知恵と知識を使って、謎の人物として、世界に反戦と平和を訴えていたらしい。

「ゆうべ、ひさしぶりに、うちに帰ってきた父さんが、月見うどんを作って

くれながら、話してくれたんだ。自分が今していることを。これはないしょだよ、って笑いながら。

命は大事にしなきゃいけないって父さんはいった。それは人もロボットも同じ。壊すことはいけないことだって。歴史の中で、今までに何回も戦争は起きてきた。国と国とのあいだの関係がこじれたとき、どちらかの国かあるいはお互いの国が、無理に意見を通そうとしたときに、戦争は起きてしまう。でも、いつでもどんなときでも、戦争はするべきではない。なぜって人間は、話し合うための言葉と、知恵と哲学を持っている。殺しあい壊しあうことは、人間の文明を否定することだ。そして、文化を破壊しあうことだ。

弘志、命は大事に守らなきゃな、って……」

弘志くんの目に涙が浮かんだ。パジャマのひざに、顔をこすりつけた。静かな部屋の中には、昔死んだお母さんの写真と、そして小さな弘志くんをだくマリコさんの写真が、並べて大事そうに飾ってあった。

「うどん、食べ終わって、お風呂に入って、どんぶり洗うのは明日にして寝ようかって話してたときに、知らない人たちがきたんだ。父さんに話を聞きたいからって。父さんパジャマのままだったのに。本もパソコンも、家にあったいろんなものが、みんな、持っていかれちゃった」

わたしは怖くて、ふるえた。学校で誰かが話していた、あれは本当のことだったんだ。

弘志くんのお父さんは、誰に、どこにつれていかれたんだろう？　どうなるんだろう？

弘志くんが、かすれた声でいった。

「父さん、病気なんだ。ゆうべ、飲んでた薬のアルミのシートが落ちてて、それを調べてみたら、わかった。重い病気なんだ。やせてたもんね。もうう

どんだって、ほとんど食べられないくらいだったのに。父さん、うどん、どんどんゆでて、ぼくに食べろ食べろって笑って……。父さん、たぶん、もう生きたままじゃ、この部屋に帰ってこられないと、思う」

夜が近づいて、部屋は暗くなっていった。クーラーが効きすぎて、部屋が寒い。

わたしはシロウさんやソラタにあいたかった。ふたりがいれば、声をかけてなでてくれれば、どんなときも安心できたのに。

でもふたりは、遠くにいってしまった。

「なんで……」わたしはつぶやいた。

「なんでこんなことになっちゃったの？　いったい誰が、戦争なんてしたいの？

きっと砂漠の国の人たちだって、ロボットたちだって、戦争なんてしたくないはずよ。誰が戦争するって、決めたの？」

「……日本人みんなが、かもしれない。今度の戦争で戦う全部の国の国民が、かも」

「うそ。わたしは、そんなこと知らない。わたしの父さんだって、戦争は嫌いだわ」

「おとなたちみんなが、ってことになるのかな？　国がどういうふうに動いていくかは、国民みんなが決めることだから。過去いろんなタイミングで、日本が……ほかの国が戦争をしないように未来をかえてゆくことができたはずだとぼくは思う。今のおとなたちがなまけていたとかだめだったとかって、いわないけれど……たぶん、それはむずかしいことだったのかもしれないけど、戦争をしない未来を作ることも、できたかもしれないんだ。

なぜって、過去に起きたどの戦争も、『もし、ここでこうしていたら、戦争をしないですんだだろう』って選択肢があるものだから。

おとなたちは……うちの父さんも含めて、選択肢を、どこかでまちがえちゃったんだよ」

わたしはうつむいた。今のおとなたちは、まちがった方に進む未来を作ってしまった。でもそれは、もう止めることができないんだ。わたしはあの日のパパのうるんだ目を思い出した。悲しそうな悔しそうな、辛そうな目。

まちがった方に進み出したら、もう未来はかえられないんだ。渦の中の人々が、どんなに嫌だと思っても。逆らおうとしても、押し流されていってしまうんだ。


「……ぼく、いくよ」

真っ暗になった部屋の中で、ふと、弘志くんが、パジャマのまま、たちあがった。

「いくって、どこにいくの？」

弘志くんは、部屋を出ていく。エレベーターへ向かう。わたしはあわててあとを追った。

夕暮れの大通りは、建物のネオンと道路をいく車のあかりで、宝石箱の中身をまき散らしたようだ。いつもどおりの、昔からかわらない景色。このまま家に帰ったら、シロウさんもソラタもいて、そのうちパパが「ただいま」って会社から帰ってくるような、そんな気がする夜景。

わたしはマンションをふりかえった。でも、今はもうあの部屋にみんなはいないんだ。

歩きながら、弘志くんがいった。

「……タイムマシンを、見にいくんだ」

「え?」

「父さんがゆうべいったんだ。

大学の、敷地のはずれにある実験用の森の奥に秘密の小屋がある。その地下に研究室があって、そこでずっと作ってたタイムマシンが、やっと完成したって。父さん、夕べはだいぶ酔ってたから、冗談かもしれないんだけど、ほんとかどうか、見にいきたくなって」

弘志くんは、目を上げて、前を見て歩いていた。きゅっと口をかみしめていた。

わたしは黙って、弘志くんについていった。

独り言のように、弘志くんがいう。

「……もしタイムマシンがあったとしても、もう怖い人たちに見つかって、どこかに、持っていかれちゃったかもしれないけど」

不安そうな光が目にゆらいだ。わたしは弘志くんの肩に、手を置いた。きっとだいじょうぶだよって、伝えるために。シロウさんやお兄ちゃんが、よくそうしてくれていた。

弘志くんはびっくりしたようにふりかえり、そして、「ありがと」と、笑った。

わたしたちは、道を急いだ。駅前から大学いきのモノレールに乗り、弘志くんのお父さんがつとめていた大学に着いた。大きな大学だし、時間はまだおとなの人たちには早い時間だったので、建物には明かりがついていた。門も開いていたので、わたしたちは、構内に入った。空には丸い月が浮かんでいた。

構内は広かった。歩き疲れたころ、森があった。そして森の中に小さな小

屋があった。

明かりがついていない暗い家の、鍵がかかった扉を、弘志くんの手の中にあったカードが開けた。小屋の中はがらんとしてかびの匂いがした。板や紙の束や、本やいろんな道具が、雑然と積み重ねてあった。弘志くんは、床にはいつくばい、その一カ所にあるものをどけはじめた。わたしも手伝う。窓から入る月明かりが、手元を薄青く照らした。

お話の中の出来事みたいに、扉があらわれた。弘志くんのカードが、また扉を開いた。

階段の下に、地下室があった。なにか大きな機械がある。わたしたちがのぞきこむと、弱い明かりが、部屋の中に灯った。

「……タイムマシン」

弘志くんが、かすれた声でつぶやいた。

わたしたちは階段を降り、そっと機械に近づいた。飛行機の操縦席だけを持ってきてそこに置いたような、どっしりとした金属のかたまりには、西暦が書かれた目盛りと、レバーがあった。

わたしの胸は痛いくらいにどきどき鳴った。すごい。お話の中のできごとみたいだ。本当に、タイムマシンは作れたんだ。

弘志くんが、ふるえる手をレバーに置いた。

「……まだ、実験段階なんだっていってた。誰もまだ、飛んだことはない。でも、理論上は、時の彼方へ、飛べるはずだって」

そして弘志くんは、決意したようにいった。

「ぼく、過去にいく。そして未来をかえるよ」

「未来を?」

弘志くんの目が、わたしをじっと見た。首筋が震えている。誓うように、いった。

「過去の世界に飛んで、そこでおとなになる。正しい選択をできるおとなになる。『このままの道を進んでいくと、戦争をする未来が来る』って、ぼくは知っているんだから、そうならないように日本を見守ることができると思うんだ。西暦二千年から二千十年のあいだくらいにぼくは飛ぶ。それくらいまでの日本は、まだ平和で、自由だったみたいだから。ぼくはそこで、きっと、未来をかえるための力になる」

「あの、本当に、この機械は動くの？」

「動かない……かもしれない。事故が起きたら、時のはざまでまいごになるかもしれない。機械が爆発したりして、死んでしまうかも」

わたしは、弘志くんの腕をつかんだ。

「そんなのだめだよ。死ぬとか、まいごとか」

笑顔の弘志くんの目に、涙が浮かんでいた。

「でもぼくいくよ。父さんだったら、きっと、今の状況で、過去へ飛んだと思うから」

「じゃあ、わたしもいく」

思うのと同時に、口に出していた。

弘志くんはめがねが落ちそうなほど驚いた。

「危ないよ。もし時間旅行に成功しても、ぼくはその、昔の日本にいくんだよ？　そこは知っている人は誰もいない世界なんだし、そこでおとなになるんだったら、今の時代の、日本の、この街とはさよならになるんだよ？」

「ここに、戻ってこられなくていいの」

わたしはいいきった。だってここにはもう、わたしが帰るべき家はない。

そして、もうすぐ夏が来る。暑い夏。いつも家族たちに守られて、やっと生きてきた夏が。今年の夏をもう、わたしは越せないだろう。もし、いつかパパたちが生きて戦場から帰ってきても、わたしはもうみんなを迎えることはできない。

わたしは明るく笑ってみせた。

「いっしょにいこう、弘志くん。ひとりよりふたりの方が、なんとかなるかもしれない。それにきっとその方がさみしくないよ。

なんてね、ほんとはわたし、涼しい場所に、いきたいだけかも。春にひまわりじゃなく桜が咲く時代が、小さいころから憧れだったの」

シロウさんやソラタ、パパが戦場にいかない未来を、作りたいと思った。それと、できれば、こんなに残酷に暑くない世界を。

人間には知恵と言葉の力がある。こんな暑い未来にならないようにすることができる分かれ目も、きっとどこかにあるはずなんだ。

わたしたちは、そう、お話の本に出てくる、『パラレルワールド』を作りにいく。ここで違う未来を持つ、もうひとつの世界を作るために飛ぶ。

もちろんわたしたちだけではそれは無理だろうけど、過去の世界で、たくさんの友達を作って、みんなの知恵と力をあわせれば、なんとかなるかもしれない。だって、そんなふうな冒険物語は、たくさんあるでしょう?

わたしと弘志くんは目をあわせ、手を重ね合わせて、いっしょにレバーを引いた。

ぐるん。足下が回転したような気がした。

光が、見えた。

# Under the Cherry Blossom Tree

桜の木の下で

ひさしぶりに、ゆりちゃんが帰ってきた。

「ただいま、さくら。あいかわらず、真っ白で、きれいだねえ」

玄関に迎えにいったあたしの頭とのどを、優しくなでてくれる。

「いくつになっても、かわいいねえ」

まあね。でも、ゆりちゃんこそね。

あたしは心の中でそういって、玄関でのどを鳴らしながら、ゆりちゃんを見上げる。

ゆりちゃんは、あたしと同じで十五歳。

あうのは、何年ぶりだっけ。ガッコウがシリツで遠いから、このうちにはあんまりこられなくなっちゃった。あうたびに大きくなるみたい。背丈がのびて、おとなの人みたい。

奥からおばあちゃんたちが、お帰りなさいって、ゆりちゃんにいいながら

でてきた。みんな嬉しそう。今日は大みそか。この家に、おばあちゃんのシンセキの人が集まる日だ。

ゆりちゃんがおとなっぽくなったと、おばあちゃんやみんなが声を上げる。あたしもうなずく。白いしっぽをぴんとたてて。

荷物を持って上に上がってきたゆりちゃんの足に、あたしはそっと頭をこすりつけた。

ゆりちゃん。十年前、はじめてこの家であったときは、あたしは五歳。ゆりちゃんも五歳。同い年でもあたしは猫で、ゆりちゃんは人間だったから、あたしはもう立派なおとなで、小さなゆりちゃんのお姉さんみたいだったね。

あのときも大みそか。雪が降って寒い夜。あたしは寒がりの小さなゆりちゃんの胸元にだっこされて、あっためてやったっけ。

昔を思い出してのどを鳴らしていると、おばあちゃんがそっと、あたしの頭に手を乗せて、ゆりちゃんにいった。

「さくらはすっかり年を取ってしまって。もう一日寝てばかりなんだよ。これで実は、もうよぼよぼのおばあちゃんさ」

失礼ね。あたしはしっぽをぶんと振った。

夕方が近づくにつれて、おばあちゃんの家の中は、おとなと子どもでいっぱいになった。お台所には、おかあさんやおばちゃんたちがぎゅうぎゅうになって入って、お料理をしている。お父さんやおじさんや、子どもたちが、できあがったお皿を、お部屋に運んでくる。あいさつしたり笑ったりしながら、お酒やジュースをついだりもする。

テレビはニュースが終わって、コウハクウタガッセンがはじまってる。音楽が流れて、笑い声がして、テレビもなんだか楽しそう。

いいにおいのごちそうがたくさん、こたつや、折りたたみ式のテーブルに

並べられる。

あたしも、きれいなお小皿で、鯛のお刺身をいただいた。

大みそかは、ご馳走を食べる素敵な日。そして、この古い家で、おばあちゃんをかこんで、みんなが笑ったり、遊んだりする素敵な日だ。

ご飯が終わって、みんなでお皿をさげたり片付けたりしたあとは、自然と人間たちは、おとなと子どもに別れる。毎年、いつも同じ。おとなはたばこを吸ったりお茶やお酒を飲んだりしながら、おとなの話をする。子どもたちはこたつで、みかんをむいたりお菓子を食べたりしながら、トランプしたりする。

十五歳になったゆりちゃんは、自分はどっちにいこうかな、という顔をちょっとだけした。でもどっちにもいかないで、縁側にいく。

あたしはそのとき、こたつの布団の上で香箱《こうばこ》を作って、うとうとしていたんだけど、ついと立ち上がって、そのあとを追った。

ゆりちゃんは、中庭に通じるガラス戸を開けて、つっかけをはいて外に出た。冷たいといいながら、庭のひらたい石の上に立つ。

あたしはそのそばにするりとおりたつ。ゆりちゃんが、あたしが庭に出るのを待って、そうっとガラス戸を閉めた。笑顔の息が白い。

ゆりちゃんは、空を見上げた。

「星がとてもきれいだねえ。オリオン座の、大星雲が見える。この街の空はきれいだから」

ほら、と、ゆりちゃんはあたしをだっこしてくれた。子どものころと違って、かるがるとしっかりとだっこしてくれる。

前にきいたことがある。ゆりちゃんは、ウチュウヒコウシになるんだそうだ。おとなになると、空を飛ぶ人になるんだって。あたしにはよくわからな

いけど、人間はおとなになると空を飛ぶ人間になることもあるらしい。

ゆりちゃんのパパも空を飛ぶ人だった。でも事故で、ヒコウキが落ちて死んでしまった。もっと昔、おばあちゃんのお兄さんも、ヒコウキにのって死んだそうだ。昔、空を飛ぶ人間がいっぱい死んだ時代があったんだって。

あたしはゆりちゃんに顔をこすりつける。ゆりちゃんが空を飛ぶ人間になったら、鳥みたいに、空を見上げたら見えるんだろうか。空を飛んでもいいけれど、死なないでほしい。

ゆりちゃんは、「甘えっ子だね」と笑って、あたしを抱きしめた。においも暖かさも、子どものころと同じだった。だからあたしは、昔と同じに、ゆりちゃんを暖めてあげた。

あたしが死んだら、おばあちゃんは桜の木の下に埋めてあげるといっていた。今までこの家にいたたくさんの猫と同じに。その日が近いような気持ち、

実はちょっとしてる。

もしゆりちゃんが空を飛ぶようになったら、あたしは桜の木の下で、ゆりちゃんを見上げよう。だからゆりちゃん、空を飛ぶ人になっても、大みそかにはきっとあいにきてね。

ごろごろとのどを鳴らしたら、ゆりちゃんは優しい腕でもう一度あたしをきゅっとだきしめてくれた。

# Autumn Festival

秋の祭り

山奥の道路沿いの、その藪《やぶ》の中。

滅多に車が通らないような、そんな場所に、ある秋の日、古いお雛《ひな》様とお内裏《だいり》様、三人官女《さんにんかんじょ》が捨てられていました。

そのあたりには、たまに、こっそり、誰かがごみを捨てに来たりしていました。壊れたテレビや汚れたソファや、もう着ない服なんかといっしょに、古びた着物を着た人形たちは、捨てられていたのです。

さて実は古来から、悲しい思いをした人形は満月の光を千度も浴びると魂が宿ることがあるといいます。捨てられたお雛様たちにも、ある日、ひとりひとりに魂が宿りました。
「本当にさみしいこと」
お雛様は、さびた金の冠をゆらし、月の光を見上げると一筋の涙をこぼし

ました。

お雛様というものは、女の子の幸せを祈って家に迎えられる、お守りのようなお人形です。お雛様の側からすると、その家の女の子は大切な宝物、家族や親友のようなものです。それがもういらないと捨てられてしまったわけですから、悲しいったらありません。

「おいたわしや」

三人官女たちがそれぞれの着物の袖を、そっと目に当てました。

「仮にも姫君がこのような野辺で、雨風に晒されることとなろうとは」

「せめて屋根のある場所に、おつれしたいものを」

目元の涼やかなお内裏様が、気遣わしげに姫君に尋ねました。

「どうなさいますか、姫君。わたくしどもは、人形の身ながら、こうして魂が宿り、自由に動けるようにもなりました。戻ろうと願えば、懐かしい家までの道もたどれるやもしれませぬ。人形の足では、どれほどの時間がかかるものか、それはわかりませぬが、幸いわたくしどもは人形、すなわち食べるものも飲むものもいらず、眠る必要も無い。さすれば、いかに長い旅になろうとも、いつかは懐かしい我が家にたどりつくだろうと思われますが」

「いいえ」と、お雛様は首を横に振りました。

「帰れませぬ。我らはもういらないと捨てられた身。どうして今更、帰れましょう」

「では、これからどうなさいますか？」

「さあ」と、お雛様はまた月を見上げました。

やがて、いいました。

「ゆっくりと考えるのも良いのではないかしら。何しろ我らは人形、死ぬことはない。これからのことを考えるには無限の時間があるのですからね」

お雛様たちは、そうして旅だったのでした。

人里離れた山奥のゴミ捨て場にこのままいるのはいやでしたし、古くなっても大切な衣装やそれぞれが手にする道具が雨風に晒されて、これ以上汚れるのもいやでした。

何より、人のそばにいないことが寂しかったのです。

お人形というものは人間のために作られるものですから、人が大好きです。人の声が聞こえるところにいきたい、と、お雛様たちは思いました。

人の気配を求めて、山の中をさすらううちに、お雛様たちの着物はさらに汚れ、藪に引っかけてほつれたりしました。そんなときお雛様たちは泣きたくなりましたが、それよりも寂しいことの方が辛かったのです。

さて、そんなある日のこと。お雛様たちは、小さな村にたどりつきました。

村には人の気配はないようでした。お雛様たちは知らないことでしたが、その村は誰からも忘れられつつあるような村で、今は住む人もほとんどいなかったのです。草の波に飲み込まれるのも時間の問題というような村でした。

お雛様たちは途方に暮れながら、一軒一軒の家を覗き込みました。誰かいませんか、と叫ぼうとして、危うくやめました。しゃべって動くお雛様なんて怖がられるかもしれません。嫌われたりいやがられるかもしれません。

今や自分たちはどんなに人間が好きでも、目の前に出ることのできない存在になったのだな、とお雛様たちは涙ぐみました。

それでも人の気配にふれたくて、家の窓の隙間から中をのぞき、壁に耳をつけて声を聴こうとするうちに、お雛様たちは一軒の家で、ひとりのおばあさんを見つけました。

おばあさんはひとりでお布団に寝ていました。様子がなんだか苦しそうで

した。熱があるようです。枕元に置いてある洗面器に氷がほとんど溶けた氷水が入れてあり、手ぬぐいが浸してありますが、この家にはおばあさん以外には人の気配はありませんでした。目を閉じたおばあさんの額には熱で乾いた手ぬぐいが載ったままになっています。ひとりお布団で眠りながら、自分で額を冷やしていたのかもしれません。

「かわいそうに」

お雛様はつぶやくと、大切な着物の袖を氷水に浸して、おばあさんの額に載せてあげました。小さな袖はすぐに乾いたので、何度も繰り返しました。三人官女はそれぞれが手にした道具に氷水を汲み、自らの袖を濡らすと、お雛様にならいました。お内裏様は、お雛様から扇を借りると、おばあさんの額を扇いであげました。ずっとそうしていました。

お雛様たちは、もしこれで自分たちがおばあさんに見つかって、怖がられ

ても仕方がないと思いました。ただひとりぼっちで眠るおばあさんがかわいそうだったのです。

夜になり、朝が来るころ、洗面器の水もすっかりぬるくなったころに、おばあさんが目をさましました。

お雛様たちは、そのときもまだおばあさんの額を冷やしつづけていたので、動いているところをしっかり見られてしまいました。

おばあさんは、自分の冷えた額に手をふれ、びっくりした、というように笑いました。

「まあ、これは夢かしら。わたしったらどうやらお雛様に看病されていたみたいだわ」

おばあさんは、自分のそばにいるお雛様たちに、笑顔のまま、お礼をいいました。ありがとう、ずいぶん楽になったわ、と。

お雛様は、おずおずと訊ねました。

「あの、動いたり話したりするお人形って、怖くないものなのでしょうか？」

「全然」おばあさんは首を横に振りました。

「わたし、子どものころから、お人形が大好きなの。お話をしてみたいなあって思ったこともあるわ。ええ、何度も。それが夢だったかもしれない」

こんな年になってから、長年の夢が叶うなんてこともあるものね、そういっておばあさんは、にっこりと笑いました。


内気でみんなの中には入れなくて、お人形だけが友達だった女の子が、やがて大きくなり、結婚して子どももうけ、けれど年月が経つうちに、いつかひとりきりで家に住むようになった。おばあさんはそんな人でした。

そしておばあさんは子どものころから、魔法や奇跡や不思議な出来事の存在を信じていた人でした。いつかはきっと、自分の前に不思議な世界への扉が開く日が来るのだと。

その日をずっと待っていたのです。

おばあさんは、子どものころ、友達だった人形たちにしてあげていたように、お雛様たちに新しい着物を縫ってあげました。

お雛様たちは嬉しくて、それぞれの着物の袖をなびかせて舞い踊りました。

晩秋の昼下がりのことでした。窓の外には色づいた木の葉がはらはらと舞い落ち、そばを通り過ぎたりすの子が不思議そうに窓の中を眺めました。

おばあさんは、踊る人形たちを見守りながら手拍子を打っていて、その様子は季節外れのひな祭りのように楽しげだったのでした。

# Postscript　あとがき

作家には、いわゆる「長編タイプ」と「短編タイプ」とがあるといわれます。

私自身は、昔から、自分は長編タイプだと思ってきました。長い物語の中で、キャラクターを多数動かしたり、起伏の多い、ドラマチックな構成をするのが好きなんですね。実際、子どもの本の専業作家だった頃は、長編の冒険物語を代表作にしていました。

けれど、読者としての私は短編も好きでよく読んでいました。O・ヘンリ、サキ、ブラッドベリ、星新一、あまんきみこ……。私自身もまた、請われて短編を書くこともありました。好きだった作品たちをなぞるような思いで、一作一作、楽しんで書いてきました。けれど短編は本になりづらいこともあり、まさかこうして美しい本に仕上げていただく未来が来ようとは思いませんでした。『春の旅人』に続いて、素晴らしい本にしてくださったみなさま、画家のげみさん、デザインの根本綾子さん、立東舎担当編集者の切刀匠さん。心から感謝しています。ありがとうございました。

村山早紀

僕はイラストレーターとしてのこの六年間で、定食屋をイメージしてお仕事を受けてきました。その時食べたいと思った食事が、ジャンルを問わず出てくるような、美味しいお店を目指して。

ご依頼を頂く中で、得手不得手はありましたが、見たことのない世界を覗かせてくださる作家の皆様のおかげでいろんなメニューを提供出来るようになりました。

そんな僕の二十代最後の出版物として関わることの出来た作品がこの「トロイメライ」です。読者の皆様には、村山先生の温かい世界の中で一緒に楽しんでいただけると嬉しいです。

最後になりましたが、改めて村山先生、編集の切刀さん、デザイナーの根本さん、本当にありがとうございました。

げみ

## 『春の旅人』 村山早紀＋げみ

どこまでもやさしい、
3つの物語——。

夜のゆうえんちで
出会ったおじいさん。
彼は夜空をながめながら、
ある再会を待ち望んでいた。

定価：本体1200円＋税

## 『蜜柑』 芥川龍之介＋げみ

私の心の上には、
切ないほどはっきりと、
この光景が焼きつけられた。

横須賀線に乗った私。
小娘と二人きりの社内、
彼女のある行動を目撃する。

定価：本体1800円＋税

## 『檸檬』 梶井基次郎＋げみ

その檸檬の冷たさは
たとえようもなく
よかった。

あてもなく京都をさまよっていた私は、
果物屋で買った檸檬を
手に丸善へと向かうが……。

定価：本体1800円＋税

## 村山早紀（むらやま・さき）

1963年長崎県生まれ。『ちいさいえりちゃん』で毎日童話新人賞最優秀賞、第4回椋鳩十児童文学賞を受賞。『シェーラひめのぼうけん』、『砂漠の歌姫』『はるかな空の東』、『コンビニたそがれ堂』シリーズ、『ルリユール』、『カフェかもめ亭』、『海馬亭通信』、『花咲家の人々』、『竜宮ホテル』、『かなりや荘浪漫』、『星をつなぐ手』、本屋大賞にノミネートされ話題となった『桜風堂ものがたり』、『百貨の魔法』など、著書多数。

## げみ

1989年兵庫県三田市生まれ。京都造形芸術大学美術工芸学科日本画コース卒業後、イラストレーターとして作家活動を開始。数多くの書籍の装画を担当し、幅広い世代から支持を得ている。著書に『蜜柑』（芥川龍之介+げみ）、『檸檬』（梶井基次郎+げみ）、『げみ作品集』がある。

---

# トロイメライ

2019年5月24日　第1版1刷発行

著者　村山 早紀
イラスト　げみ

発行人　古森 優
編集長　山口 一光
デザイン　根本 綾子（Karon）
担当編集　切刀 匠
発行　立東舎
発売　株式会社リットーミュージック
〒101-0051 東京都千代田区神田神保町一丁目105番地

印刷・製本　株式会社廣済堂

【乱丁・落丁などのお問い合わせ】
TEL：03-6837-5017／FAX：03-6837-5023
service@rittor-music.co.jp
受付時間／10:00-12:00、13:00-17:30
（土日、祝祭日、年末年始の休業日を除く）

【書店・取次様ご注文窓口】リットーミュージック受注センター
TEL：048-424-2293／FAX：048-424-2299


Printed in Japan　ISBN978-4-8456-3370-8
定価はカバーに表示しております。